Mon meilleur ami s'appelle Kai et voici sa maman.

My best friend is Kai and that's his mum.

Quand je vais au parc avec ma maman, on me demande, « Est-ce que c'est ta nourrice ? »

When I go to the park with my mum I'm asked, "Is that your childminder?"

Et je dis,
« Non, c'est ma maman ! »

And I say,
"No! That's my mum!"

Quand Kai va nager avec sa maman, on lui demande,
« Est-ce que c'est ta baby-sitter ? »

When Kai goes swimming with his mum he's asked,
"Is that your babysitter?"

Et il dit,
« Non ! C'est ma maman ! »

And he says,
"No! That's my mum!"

Quand nous sommes allés ensemble au terrain de jeu,
les gens ont pensé que *ma* maman était la maman de Kai !

When we all went to the playground they
thought that my mum was Kai's mum!

Et ils ont pensé que la maman de Kai était *ma* maman !
C'est très embrouillant.

And they thought that Kai's mum was my mum!
It's all so confusing.

Quand je fais des courses avec mon papa ils pensent tous que c'est mon papa.
« Voulez-vous ça pour votre fille ? »

When I go shopping with my dad, they all think that he's my dad.
"Would you like this for your daughter?"

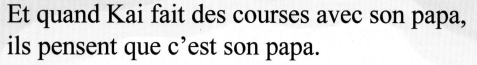

Et quand Kai fait des courses avec son papa,
ils pensent que c'est son papa.
« Est-ce que votre fils voudrait les essayer ? »

And when Kai goes shopping with his
dad, they think that's his dad.
"Would your son like to try them on?"

Est-ce que vous savez ce qui est arrivé
quand j'ai commencé l'école ?

Do you know what happened
when I started school?

Ils m'ont demandé, « C'est qui ?
Ce n'est sûrement pas ta maman ! »

They asked me, "Who is that?
That can't be your mum!"

« Tu ne peux pas avoir une maman blanch!
Ce n'est pas possible ! »

"You can't have a white mum!
That's not possible!"

J'étais si bouleversée que
j'ai pleuré et pleuré.

I was so upset that
I cried and cried.

Maintenant vous savez pourquoi j'en ai assez. Les gens pensent que ma maman n'est pas ma maman.

Now you know why I'm fed up.
People think my mum isn't my mum.

Kai, aussi, en a assez. Ils pensent que sa maman n'est pas sa maman.

Kai is fed up too.
They think that his mum isn't his mum.

Nous nous sommes réunis et avons réfléchi
et réfléchi. Que pouvait-on faire ?

So we got together and thought and thought.
What could we do?

« Je sais, » j'ai dit, « nous pourrions porter des masques. »
Kai a hoché de la tête.

"I know," I said, "we could wear masks."
Kai shook his head.

« Ou peindre nos visages, » a dit Kai.
J'ai ri.

"Or paint our faces," said Kai.
I laughed.

« Je sais, » j'ai dit. « Tu pourrais bronzer.
Alors tu ressemblerais plus à ta maman. »

"I know," I said. "You could sun bathe.
Then you'd be more like your mum."

« Et tu pourrais rester à l'ombre, » a dit Kai.
« Alors tu deviendrais pâle comme ta maman. »

"And you could stay in the shade," said
Kai. "Then you'd be pale like your mum."

Bon, c'est idiot !
Pourquoi devrions nous changer ?
Nous ne voulons pas changer !
Nous nous aimons comme nous sommes.

Well that's stupid! Why should we change?
We don't want to change!
We like the way we are.

Nous avons encore réfléchi. Nous avons eu une meilleure idée.
Nous avons pris du papier et des crayons. De la colle et des ciseaux.

We thought even harder. We had a better idea.
We got some paper and pens. Some glue and scissors.

Nous avons écrit et dessiné.
Nous avons coupé et collé.

We wrote and drew.
We cut and glued.

Et devinez quoi, la fois suivante quand nous sommes sortis avec nos mamans, personne n'a demandé, « Est-ce que … »

And guess what, next time we went out with our mums nobody asked, "Is that your ..."

To my daughter Mia, who inspired me to write her story
H.B.

To all my excellent models;
and for Dylan, Rufus and Benjamin, with love
D.B.

First published 2001 by Mantra
Text copyright © 2001 Henriette Barkow
Illustrations copyright © Derek Brazell
Dual language text copyright © 2001 Mantra

Global House, 303 Ballards Lane
London N12 8NP
www.mantralingua.com
This edition published 2019

Printed in Letchworth, UK. PE120619PB06196009